AF296160

SUR UN AMI FIANCÉ

AVEC

LA SŒUR DE SON AMI,

Et tué malheureufement par lui à la Chaffe.

Il faut que le cœur feul parle dans l'élégie.
BOILEAU, *Art Poët.*

Piece qui a concouru pour le prix de l'Académie Françaife en 1773.

A PARIS,

Chez VALADE, Libraire, rue Saint-Jacques, vis-à-vis celle des Mathurins.

M DCC. LXXIII.

A MADEMOISELLE

B**** DU C**

MADEMOISELLE,

Vous offrir ce faible tribut littéraire, c'est publier, je l'avoue, le tendre hommage de mon cœur. Votre modeſtie ſouffrira ſans doute, mais pourriez-vous en ſavoir mauvais gré à l'ardeur la plus pure? & l'Amour ne peut-il ſans offenſer les graces modeſtes, tirer un coin du voile qui dérobe leurs charmes?

Dans ce champêtre aſyle où vous cachez ſi ſoigneuſement tant de talens & de vertus, vous donnerez quelques pleurs au ſort tragique de ces tendres époux. Hélas! ils virent changer le

plus beau jour de leur vie en un jour de dé-
faftre & de deuil.

Puifliez-vous retrouver dans ce tableau quel-
ques faibles traits de cette antique & touchante
fimplicité que nous admirions enfemble chez les
Grecs ; de ces graces fimples & naïves, qui ca-
ractérifent le génie, & que l'efprit femble avoir
profcrites de nos jours, parce qu'il n'y peut
atteindre ; de ces beautés dont Virgile hérita &
que nous favourions enfemble avec une forte
d'ivreffe, quand ce Peintre de la nature le plus
ouchant & le plus vrai, fefait l'objet de vos
veilles & de vos délices.

Vous ne defirerez point fans doute, à la place
de ces exclamations fréquentes, de ces longs
épanchémens, de ces retours fur fon infortune
qui font le vrai caractère de la douleur, le faux
brillant des *concetti*, de froids apophtemes, ou
des fentences philofophiques.

Ouvrons celui de tous les Grecs, qui fit parler
le plus éloquemment la douleur ; Euripide dans
ces immortelles *nénies*, (on fait qu'elles furent
d'abord l'unique objet de l'élégie) dans ces plain-
tes funébres qu'il met dans la bouche d'Hécube(1)
ou d'Electre, ne donne-t-il pas, même aux ac-

____

(1) *Voyez* l'excellente Traduction du théatre des
Grecs par le P. Brumoy.

cens de la fière Melpomene, cette triste mélodie & cette langueur touchante que le plus pathétique de nos Poëtes a rendue si fidélement, quand il fait parler la douleur ? S'il échappe alors à Euripide, dont le caractère étoit naturellement mélancolique & philofophe, quelque fentence , elle a du moins un raport direct à la fituation ; mais elles font rares, malgré le goût des Grecs pour les moralités.

On fait combien l'élégie fut en ufage parmi les premiers Poëtes grecs (1). On voit dans les fragmens qui nous en reftent, quel langage fimple & touchant ils donnaient à l'amour & à la douleur. Pourquoi la douce mélancolie de Properce a-t-elle pour nous tant de charmes ? C'eft que le fentiment l'infpire toujours. Ce genre de poëme peu analogue au génie & au caractère français, en a été peu cultivé, du moins avec fuccès ; car l'héroïde que l'on paraît y avoir fubftituée de nos jours, en eft différente. Je ne connais que deux élégies dignes d'être remarquées ; l'une eft celle de l'inimitable la Fontaine, fur la difgrace de M. Fouquet.

---

(1) Mimnerme fut un des plus célébres Poëtes élégiaques. Horace & Properce en font mention, & c'eft de lui que ce dernier a dit, *plus in amore valet Mimnermi verfus Homero.*

L'autre eft du feul Poëte philofophe ; dont s'honore la France. Dans fes regrets touchans qui immortaliferont les graces & les talens de la Melpomene (1) de la fcene françaife, quelle touche profonde, quelle éloquente douleur !

« Que vois-je ! quel objet ! quoi ces levres charmantes,
» Quoi ! ces yeux d'où partaient ces flâmes éloquentes,
» Éprouvent du trépas les livides horreurs !
» Mufes, Grâces, Amour dont elle fut l'image,
» O mes Dieux & les fiens, fecourez votre ouvrage.
» Que vois-je ! c'en eft fait. Je t'embraffe & tu meurs.
» Tu meurs ! ... ...

Et cette apoftrophe pathétique & fublime ;

Que direz-vous, race future,
Lorfque vous apprendrez la flétriffante injure
. . . .
. . . .

L'un naturellement calme & tranquile, & peu propre au ton de l'élégie, épanche doucement fes regrets dans le fein des Nymphes de Vaux (2). L'autre vif & brûlant fe peint au lit de l'objet qu'il adore, recueillant fon dernier foupir. Celui-là par fa douleur plus affectueufe que profonde, m'intéreffe à la difgrace de fon bienfai-

---

(1) Adrienne le Couvreur.

(2) Maifon de plaifance de M. Fouquet.

teur; celui-ci me pénetre par des traits de feu, qu'il mêle avec ſes pleurs, & fait paſſer dans mon ame toute ſon indignation contre l'ingratitude des hommes & leurs tyranniques préjugés. L'un ſe plaint comme Erato, & l'autre conſerve encore dans ſes regrets la touche fière de Melpomene. Tantôt il gémit, tantôt il s'indigne & éclate comme elle dans ſa douleur.

Si je n'offrais ici, Mademoiſelle, qu'un hommage à l'amour, je vous demanderais grace pour cette longue digreſſion; mais je lui conſacre ce faible tribut, moins encore qu'à cette jeune amatrice des Arts, qui à douze ans expliquoit Virgile, qui s'égaye avec Térence, & qui penſe avec Horace.

Aimez ces arts dont l'heureuſe alliance ne forme, pour ainſi dire, qu'une famille. La Peinture, la Muſique & la Poëſie ſont, comme vous le dites ſouvent, trois Sœurs qui, ſemblables aux trois Grâces, ſe tiennent par la main, & ne doivent jamais ſe quitter : mais il ne faut point en ſéparer l'amour pour que la reſſemblance ſoit entiere. Si j'oſais citer encore ici le Poëte de nos jours, qui cultiva toutes les Sciences, dans ſon Epître à cette femme illuſtre, qui fit la gloire de votre ſexe & l'ornement de ſon ſiécle, je vous dirais :

(1) « Le plus grand génie & sûrement le plus
» defirable, eft celui qui ne donne l'exclufion
» à aucun des beaux Arts. Ils font tous la nour-
» riture & le plaifir de l'ame : y en a-t-il dont on
» doive fe priver? Heureux l'efprit que la Phi-
» lofophie ne peut deffécher, & que les charmes
» des belles Lettres ne peuvent amollir ! »

Pourquoi en effet l'art de plaire exclurait-il celui de penfer? Si l'on ne jouit, dit-on, qu'une fois avec la beauté & mille fois avec les grâces, on jouit toute fa vie avec elles, quand elles fe trouvent unies à la douceur & aux charmes de l'efprit. Ce font eux qui font la paffion de tous les âges, & dont l'heureufe ivreffe, loin d'ame-ner le dégoût, nous rend leur jouiffance plus défirable & plus chere encore.

La beauté peut féduire les yeux, mais il n'ap-partient qu'aux grâces, dont l'empire eft au-deffus de la beauté, & aux agrémens de l'efprit de concert avec elles, de faire fur nos cœurs ces impreffions fortes & profondes & ces bleffures que nous emportons quelquefois fans s'être fermées, jufque dans la tombe. Enfin ce font

---

(1) *Voyez* l'Épître dédicatoire de M. de Voltaire à Madame la Marquife du Châtelet, (Tragedie d'Al-zire.)

ces charmes qui fement encore quelques rofes fur les épines de la vieilleffe. C'eft après leur jouiffance pure que foupirait l'immortel Auteur d'Alzire ; c'eft dans le fein d'Uranie , des Grâces & de l'amitié qu'il brûla , mais envain , de finir fon illuftre carriere.

Cultivez donc ces Sciences, le charme de toute la vie. Laiffez ces efprits froids & ftériles que l'ignorance & le préjugé retiennent encore dans leurs entraves, s'éfforcer d'avilir les Arts, ces confolateurs de l'humanité. Hélas ! ils en ignorent les douceurs. Le trifte oifeau de la nuit peut-il juger du chant de la Fauvette ?

Ils confondent dans votre fexe les fciences avec leur vain & ridicule abus qui fut, comme vous le favez, l'unique objet de la jufte critique des deux Cenfeurs les plus rigoureux de l'autre fiécle.

Mais quand on fait comme vous, Mademoifelle, cacher fous le voile de la fimplicité & de la modeftie , les agrémens de l'efprit , ainfi que ceux de la nature; quand on ne cultive fes talens que pour faire adorer la vertu; on n'en eft que plus affuré d'un double triomphe. C'eft en vous encourageant à faire les délices & la joie de vos Proches, & les charmes de celui à qui vous rendîtes les lettres encore plus cheres, parce que vous les cultivez, que je termine cette longue Epître, par ces mots confolans de l'Orateur phi-lofophe :

Studia adolefcentiam alunt, fenectutem oblectant, fecundas res ornant, adverfis perfugium ac folatium præbent ; delectant domi, non impediunt foris, pernoctant nobifcum, peregrinantur, rufticantur.

Je fuis avec les fentimens les plus refpec-tueux,

MADEMOISELLE,

Votre très-humble, très

obéiffant Serviteur,

C. BOUTROUX DE MONTCRESSON,

Avocat au Parlement.

SUR UN AMI FIANCÉ

AVEC

LA SŒUR DE SON AMI,

Et tué malheureusement par lui à la Chasse *.

Où suis-je ! quel objet vient de frapper mes yeux !
C'est parmi ces tombeaux, dans ces funébres lieux,
Sous cette mousse antique où dorment les Ancêtres
Des humbles habitans de ces hameaux champêtres ;
C'est-là qu'est renfermé, sous un froid monument,
De mes vives douleurs l'éternel aliment.
C'est près de ce hameau, que ma main meurtriere,
Par un funeste coup, te ravit la lumiere.

Au bord de ce tombeau je me sens entraîné.
Approchons... Je frissonne ... Époux infortuné !

____

(*) Cette Piéce est telle que je l'ai envoyée à l'Aca-
démie. On sentira, je crois, au ton qui y regne, que cet
accident aussi funeste que bisare, n'est que trop véritable.
Il arriva dans un Château du Poitou.

(12)

Tu te plains, tu gémis. Je crois encor t'entendre...
Dieux! fous mes pieds tremblans je fens frémir ta
    cendre.

Si les mânes encor font émus de pitié
Par les regrets amers de la tendre amitié,
Si dans mon défefpoir, errant & folitaire,
J'expiai par mes pleurs un meurtre involontaire,
Et fi mes chants plaintifs, mes lugubres accords,
Dans la nuit du tombeau, peuvent fléchir les morts;
O moitié de mon être! Ombre chere & fanglante,
Entends des fombres bords ma Mufe gémiffante.
«Arrête, me dis-tu, ces cyprès & ces fleurs
» Qui couronnent cette urne humide de tes pleurs,
» Et ces myrtes jettés fur ma tombe plaintive,
» Ont affez appaifé mon ombre fugitive.
» Que ta mufe plutôt étouffe fes accens:
» Épargne à l'amitié ce trop funébre encens.
» Ne va point, de ma mort retraçant la peinture,
» Déchirer de ton cœur la profonde bleffure ».

Ah! laiffe-moi du moins, en proie à mes malheurs,
M'abreuver à longs traits du fiel de mes douleurs.

Que ne puis-je écarter cette affreufe penfée
A mes fens défolés fans ceffe retracée!
Nous touchions au moment où les plus tendres nœuds
Allaient de l'amitié combler enfin les vœux;
Le myrte conjugal, la couronne facrée
Ceignaient déjà le front d'une amante adorée;
L'Amour avec l'Hymen dans un pacte éternel,
Des Grâces refferrant le lien fraternel,
Préparaient, de leurs mains, la pompe nuptiale,
Quand leur fefton fe change en guirlande fatale.

Qui l'eût crû, que ces jeux, ces innocens plaifirs
Nés pour nous dans le fein des champêtres loifirs,
Artifans de nos maux, feraient couler nos larmes,
Quand nos cœurs, tant de fois, avaient gouté leurs
     charmes !

Si dès l'aube du jour, de fes mâles accens
La trompe du Piqueur avoit frappé nos fens,
A ce premier fignal, la meute impatiente
Aux fons aigus du cor mêlant fa voix bruyante,
Fatiguait les échos. Henniffant & fougeux
Le rapide Courfier, du clairon belliqueux
Semblait entendre alors la fanfare guerriere :
Son œil étincelant dévorait la carrière.
Miniftres de Diane, un faint frémiffement
Avait rempli nos cœurs d'un doux faififfement,
Et foudain tous fes feux allumés dans nos ames,
Semblaient nous embrafer de leurs céleftes flammes.
Franchiffant les coteaux, & les monts & les bois,
Si la meute lancée avait mis aux abois
Le Chevreuil bondiffant, ou le Liévre timide...
Malheureux... Je frémis... ô Diane perfide !
Quelle terrible image !.. Ah ! plutôt que mes pleurs,
De mon pinceau lugubre effaçant les couleurs,
Dérobent pour jamais cette affreufe peinture,
Dont l'humanité fouffre, & dont mon cœur murmure.
Que l'Amitié plutôt fur ce fanglant tableau,
Tire aux yeux de l'Amour un éternel rideau.

Dieux ! je te vois encor fur la terre fumante,
Preffer en friffonnant ta bleffure écumante,
Dans les flots de ton fang te rouler de douleur !
Une extafe d'effroi, de furprife & d'horreur,

Enchaînant mes esprits & mon ame stupide,
Avait glacé mes sens : mais le tube homicide
De mon bras meurtrier allait venger l'erreur,
Quand le coup part envain & trompe ma fureur.

Je tombe à tes genoux dans ma rage impuissante,
Et sur ton sein alors portant ma main tremblante,
Hélas ! mes soins tardifs en étanchaient le sang,
Quand ses restes déjà se glaçaient dans ton flanc.

cc Calme ces noirs accès dont frémit la nature,
» N'aigris point, me dis-tu, ma mortelle blessure.
» Pour venger mes douleurs, quel barbare dessein !
» Veux-tu porter deux fois le trépas dans mon sein?
» Du meurtre de ton bras ton ame est innocente.

(» N'afflige point encor l'amitié gémissante :
» Mais pardonne, ô Julie! une homicide erreur !...)
» Dans mon sein palpitant quelle froide terreur...
» Oh ! trop funeste coup ! déjà mon cœur se glace.
» Serre-moi dans tes bras... Est-ce toi que j'embrasse ?
» De ton frere expirant que ce baiser sacré
» D'un éternel pardon soit le sceau révéré.
» Recueille ce soupir de ma bouche tremblante,
» Voilà donc le dernier que j'offre à mon amante!
» O Julie... à ce nom, sur ses lévres mourant,
Mes bras ne serrent plus qu'un corps froid & sanglant.
Je fixe en frémissant ces horribles images.
Teint du sang d'un ami, je fuis d'affreux rivages :
J'erre dans les forêts. Là, dans leur sombre horreur,
Un silence étouffant irritait ma fureur.
Enfin de mes sanglots les échos retentissent,
Diane en est émue, & ses Nymphes frémissent.

Hélas ! que faifais-tu ? toi, dont l'heureux inftinct
S'enchaîne au fort de l'homme & veille à fon deftin,
Quand de fes froids amis l'effain lâche & timide
Dans les temps orageux montrant un cœur perfide,
S'envole & l'abandonne à fes triftes revers.
Toi, qui le fuis encor, s'il eft chargé de fers.
De la fidélité fymbole inviolable,
On te vit agité, plaintif, inconfolable,
Près d'un maître expirant partager fes douleurs.
Tu léchais fa bleffure & l'arrofais de pleurs.
On te vit à ma honte, ô piété fidéle !
Offrir de l'amitié le plus touchant modéle,
La nuit, garder le corps, le conduire au hameau,
L'accompagner enfin fur les bords du tombeau :
Là, veillant fur fa cendre, une amère trifteffe
Te fit fécher d'ennuis, & mourir de tendreffe (*).

Cher Ami, me difais-je en proie à mes remords,
Prêt d'aller à l'autel, tu defcends chez les morts !
Pour la fête déjà ton amante parée,
Accufant la lenteur de la pompe facrée,
Sur fon lit parfumé répand à pleine main
Les myrtes de l'Amour, les rofes de l'Hymen ;
Inutiles apprêts ! dans la tombe fatale
La mort a préparé ta couche nuptiale !

Mais quel coup, ô ma Sœur, déchirera ton fein,
Quand tu fauras encor quel eft fon affaffin ?

____

(*) Ce trait n'eft point ajouté à la fingularité de
l'Hiftoire. Ce Chien en effet fe laiffa mourir de faim
fur la tombe de fon maître. Voyez à la note finale deux
exemples de l'attachement le plus inviolable de la part
de cet animal.

Quand fa pompe funébre & de fang dégoutante . . . .
Quelle pompe, grand Dieu, pour les yeux d'une amante!
Où me cacher ? où fuir ? déjà de ta douleur
J'entends les cris plaintifs qui me percent le cœur.

O toi, dont le regard cruellement propice,
M'enchaînait par des fleurs au bord du précipice,
Diane, qui reçus dès mes plus jeunes ans
Sur tes chaftes autels mes vœux & mon encens,
J'abjure pour jamais ton culte trop funefte ;
Mânes encor fanglans, c'eft vous que j'en attefte !
Que vois-je ? Quel objet. . . affreux preffentimens,
Êtes-vous accomplis, dans ces cruels momens?
(Pour publier les maux, dans fon zèle homicide,)
(Toujours la renommée eut une aîle rapide.)
Une femme éplorée, en longs habits de deuil,
De ce Temple facré vient de franchir le feuil.
Ses cheveux font épars, & fa main défaillante
Serre contre fon cœur une urne encor fumante.
De fon fein oppreffé les longs gémiffemens,
Des mânes attendris perçant les monumens,
Font foupirer l'écho de ces voûtes funébres
Dont le foleil jamais n'éclaira les ténébres.
Mon cœur eft déchiré...Mais qu'apperçois-je?...ô Dieux!
Quel finiftre appareil vient de frapper mes yeux?
O Ciel! dans le malheur dont le poids me confume,
N'ai-je point de ta coupe épuifé l'amertume?
Je la vois embraffant les marches de l'autel,
Dépofer fa douleur aux pieds de l'Immortel.

Quelle pompe lugubre & quelle trifte fête !
De ce bandeau facré je vois ceindre fa tête:
Un voile ténébreux me dérobe fes traits...

         Hélas !

Hélas ! c'en eſt donc fait ? Quoi ! ces touchans attraits...
Quelle couche funeſte ! *...Ah ! fuyons..je ſuccombe.
O Ciel ! elle deſcend vivante dans la tombe !.
Et moi ſeul je ſurvis aux plus affreux malheurs,
Pour épuiſer du ſort les cruelles rigueurs !

Des Grâces & des Ris la troupe déſolée,
D'une gaze funébre en fuyant s'eſt voilée :
Sur l'autel de l'Hymen, inondé de ſes pleurs,
L'Amour a déchiré ſa guirlande de fleurs.

Ainſi, dans ſa douleur, la chaſte tourterelle
A ſon premier époux juſqu'à la mort fidelle,
Et gémiſſant ſans ceſſe autour de ſon tombeau,
N'a jamais de l'Hymen rallumé le flambeau.

Pardonne, chere Sœur, épouſe infortunée;
N'accuſe que le ſort, & plains ma deſtinée.
Jamais de ton époux les vifs empreſſemens,
Hâtant de ſon retour les doux embraſſemens,
Ne te feront gouter leur raviſſante ivreſſe,
Ni de faibles enfans témoins de ſa tendreſſe,
N'éleveront leurs mains & leurs cris innocens,
Pour voler de ton ſein dans ſes bras careſſans,
Et cueillir avec toi ſur les lévres d'un père
Des baiſers enviés aux tranſports de leur mère.

A l'ombre des autels, ſous tes chaſtes lambris,
Que ma lyre profane, enchaînant tes eſprits,

(*) Ce tragique événement lui fit prendre le voile
dans un couvent de Sainte Claire, ou de l'*Ave Maria*.
Ces Religieuſes couchent dans leur bière, & ſe levent
deux fois la nuit.

B

Suſpende en ce moment cette voix adorée ,
A des cantiques ſaints jour & nuit conſacrée.
De Philomele ainſi les ſons mélodieux ,
Au coucher du ſoleil , s'élevent vers les Cieux ,
Et ſa touchante voix ſe fait entendre encore ,
Quand ton chant matinal a devancé l'aurore.

　　Daigne prêter l'oreille à mes tendres accens.
De la triſte Erato que ce propice encens ,
S'élevant juſqu'à l'urne où des cendres chéries
Repoſent ſous des fleurs par mes larmes flétries ,
D'une ombre encor ſanglante appaiſe le courroux.
Daigne adreſſer mes chants aux mânes d'un époux.
Que la main de l'Amour touché de mon offrande ,
Conſacre d'un ami la funébre guirlande.

PARMI une foule de traits de la fidélité inviolable que l'on a toujours remarquée dans les Chiens, je n'en rapporterai que deux exemples frappans.

Étant arrivé à Baldok, dit un Voyageur, j'allai avec mes camarades de voyage me promener autour de la Ville pour en voir les déhors. Nous nous arrêtâmes à un cimetière où nous vîmes avec étonnement un Chien aſſis ſur ſon derriere, comme s'il demandait quelque choſe. Nous nous approchâmes peu à peu; il était ſur une tombe qui paraiſſait nouvellement faite, au deſſus de laquelle il y avait une Epitaphe qu'on aurait cru qu'il regardait attentivement. Nous nous amusâmes à le conſidérer; pendant tout ce temps, il ne détourna jamais les yeux de ſon objet, & ne fit aucune attention à nous, quoique nous nous fuſſions approchés à trois pas de ce tombeau. Mais nous étant avancés plus près, la crainte lui fit prendre la fuite. Nous lûmes l'inſcription qui portait ſeulement que Sara Godſmith était inhumée en cet endroit. Un homme de cette Ville paſſa par hazard dans ce Cimetière; nous lui demandâmes s'il y avait quelque particularité au ſujet de la perſonne dont le corps repoſait dans cette tombe. Oui, Messieurs, nous répondit-il ; c'étoit la femme la plus grosse qu'il y eut dans le monde, car elle pesait 260 liv. il ajouta qu'elle avait un petit chien qui ne fesait qu'aboyer , & dont néanmoins elle était folle ; que depuis plus de deux ans qu'elle était morte , il ne manquait jamais, quelque temps qu'il fît, de venir trois fois par jour sur cette tombe, & d'y rester dans l'attitude où nous l'avions trouvé & y glapissant continuellement.

British-magasine.

Cet attachement inviolable nous rappelle le trait fameux du chien d'Aubri de Montdidier, qui a paru digne d'être consigné dans l'histoire & d'être transmis par le pinceau à la postérité.

Aubri de Montdidier passant seul dans la forêt de Bondi, y fut assassiné, & enterré par l'assassin. Son chien, après avoir demeuré plusieurs jours au pied de l'arbre où le meurtrier avait cru ensevelir son crime, pressé par la faim , abandonne pour quelque temps le corps de son maître, & vient à Paris chez un ami du malheureux Aubri. En revoyant cet ami il semble par ses hurlemens lui annoncer la fin tragique de son maître.

Après avoir appaisé la faim qui le dévorait , il recommence ses cris, va à la porte, tourne la tête pour voir si cet ami le suit, revient, &

redoublant fes cris, il le tire par fon habit &
femble le preffer de le fuivre. Ses vives agita-
tions, fon arrivée fans être accompagné de fon
maître qu'il ne quittait jamais, tous les carac-
tères d'une douleur profonde, fi énergiques dans
le plus fenfible de tous les animaux, firent naî-
tre dans le cœur d'un ami de fâcheux preffen-
timens. Il fuit le chien qui le conduit au milieu
de la forêt de Bondi. A peine ce guide fidele
eft-il au pied de l'arbre, qu'il redouble fes cris,
& grattant la terre avec fes pieds, il femble dé-
figner à l'ami de fon maître, l'endroit où il
doit chercher. Cet ami y fit fouiller fur le champ
& y trouva le cadavre encore tout fanglant du
maheureux Aubri.

A quelque temps de-là, par un heureux effet
de cette providence qui veille fur la punition
du crime, le chien rencontre l'affaffin, il lui
faute à la gorge, & ce n'eft qu'avec le plus
grand effort que l'on parvient à lui faire lâ-
cher prife, & chaque fois qu'il rencontre le
Chevalier Macaire (c'était le nom du meur-
trier), il l'attaque & le pourfuit avec le
même acharnement.

La haine implacable de ce chien, fon atta-
chement inviolable pour fon maître, les cir-
conftances qu'on fe rappella alors, où le Che-
valier Macaire avait laiffé échapper la haine

d'un courtifan jaloux contre Aubri de Mont-didier, firent naître de juftes foupçons; le Roi frappé de tous les indices qui fe réuniffaient contre Macaire, fe fait amener le chien qui paraît tranquile jufqu'au moment où apperce-vant le Chevalier Macaire parmi une foule de courtifans, il tourne, aboye, & cherche à fe jetter fur lui. Le Roi jugea *qu'il échéait gage de bataille*, c'eft-à-dire, qu'il ordonna le duel entre le Chevalier & le chien, & voulut que toute fa Cour fût témoin de ce combat fingulier, jufqu'alors inoui.

Dans ces temps malheureux où les querelles fe vuidaient par l'épée, où l'affaffin fe purgeait du forfait qu'on lui imputait en commettant un crime auffi atroce, où un nouveau meurtre prou-vait l'innocence & établiffait le Jugement de Dieu (fur l'abfurde perfuafion où l'on était que le Ciel ferait plutôt un miracle que de laiffer périr l'innocent) le champ clos fut marqué dans l'Ifle Notre-Dame, qui n'était alors qu'un ter-rein vague & inhabité. Le Chevalier Macaire parut dans l'arêne armé d'un gros bâton. Le chien n'avait d'autres armes que fon animofité & fon jufte reffentiment. Un tonneau percé lui fervait feulement pour fa retraite & fes re-lancemens.

(23)

On le lâche, il court à son Adversaire, tourné
autour de lui, esquive adroitement ses coups ;
tantôt il fuit pour le fatiguer par de vains
efforts, tantôt il l'attaque, l'oblige de se dé-
fendre lui-même, & lui fait plusieurs blessures.
Enfin après l'avoir harcélé, il s'élance sur lui, le
saisit à la gorge, le renverse par terre & l'oblige
de faire l'aveu de son crime en présence du
Roi & de toute sa Cour.

On voit encore ce tableau sur la cheminée
de la grande salle du château de Montargis.
Plusieurs Auteurs placent cet évenement sous
le regne de Charles V. Jules Scaliger & le Père
Montfaucon rapportent cette histoire. *Voyez les
essais histor. sur Paris.*

Dans un siécle où l'on n'en impose plus à la
raison par des systêmes quelque ingénieux
qu'ils puissent être, quelqu'un après avoir lu
le trait immortel de ce chien généreux, oserait-
il encore défendre les rêveries du célébre Des-
cartes sur l'Automatisme de bêtes? Son hypo-
thèse est aussi absurde que le roman ingénieux
du P. Bougeant sur leur langage, m'a paru
renfermer de vérités; mais l'esprit systématique
est toujours voisin des deux extrêmes. Le sys-
têmé du sage & de la raison tient toujours le
milieu.

F I N.